I

Bibliografische Information der Deutschen Nationalbibliothek:
Die Deutsche Nationalbibliothek verzeichnet diese Publikation
in der Deutschen Nationalbibliografie; detaillierte
bibliografische Daten sind im Internet über www.dnb.de
abrufbar.

Herstellung und Verlag:
BoD – Books on Demand, Norderstedt.
ISBN: 9783738613216

Katharina von Bora:
Mein Leben

Seid gegrüßt, meine sehr verehrten Maiden, Frauenzimmer und Damen, Junker, Recken und Herren, seid mir aufs Herzlichste willkommen. Ich freue mich sehr, hier in diesem Büchlein zu Euch sprechen zu dürfen. Eigentlich geziemt es sich ja für ein Frauenzimmer nicht, das Wort so öffentlich zu ergreifen, aber ich möchte Euch gerne aus meinem Leben mit dem großen Reformator Martinus Luther erzählen.

Es war ein gutes Leben mit ihm, meinem herzlich geliebten Eheherrn, den Gott, der Allmächtige, im Alter von 62 Jahren und drei Monaten heim rief. Dieses Leben ist es allemal wert, erzählt zu werden. Martinus sagte einmal, man könne über alles predigen, aber nicht über vierzig Minuten. Nun, predigen werde ich nicht, und mehr als vierzig Minuten werde ich wohl auch benötigen, aber ich hoffe, Euch nicht zu ermüden.

Geboren wurde ich im Jahre des Herrn 1499. Meine Familie gehörte dem sächsischen Landadel an, und ich führte auf dem elterlichen Gut ein recht freies Leben. Ich spielte mit dem Jungen, der die Gänse hütete; streichelte die Kühe auf der Weide und half beim Melken, sammelte die Eier im Hühnerstall ein, half beim Buttern, Käse ansetzen und Brot backen, und meine Kinderfrau hatte oft ihre liebe Mühe, mich zum Lesen lernen und feinen Handarbeiten anzuhalten. Ein adliges Mädchen müsse über diese Fertigkeiten verfügen, meinte sie, und damit hatte sie Recht. Aber ich fand das langweilig – das Leben draußen an der frischen Luft war spannender, als drinnen in der dunklen Stube zu sitzen und ein Tuch zu besticken. So war es nicht verwunderlich, dass meine diesbezüglichen Fertigkeiten zu wünschen übrig ließen. Meine Mutter ließ mich manches Mal lächelnd gewähren, aber auch sie ermahnte mich, an meine Pflichten zu denken. Wenn ich erst einmal verheiratet worden war, musste ich einem Haushalt vorstehen können und das Gesinde beaufsichtigen. Eine Kindheit war zu meiner Zeit früh zu Ende, spätestens mit sieben Jahren mussten die Kinder aus dem Volke Geld verdienen oder auf dem heimatlichen Bauernhof kräftig mithelfen. In diesem Alter waren Kinder auch schon strafmündig und konnten durchaus eingekerkert oder mit einer Leibstrafe belegt werden, das heißt, Kinder waren mit sieben Jahren wirklich erwachsen.

Mein freies Leben und meine Kindheit fanden ein jähes Ende, als ich erst sechs Jahre alt war. Meine liebe Mutter starb, und nur einen Tag nach ihrer Beerdigung, als ich noch völlig unter dem Schock und dem Eindruck der vielen Menschen, Kerzen, den Gesängen und dem Weihrauch stand, setzte mein Vater mich in einen Wagen und brachte mich ins Kloster nach Brehna. So schön die Fahrt auch war, und wie fröhlich die Pferde durch mein geliebtes Sachsen trabten - für mich war das ein Schock. Nach dem Tod meiner Mutter aus der Familie herausgerissen zu werden und in eine fremde Umgebung zu kommen, war hart. Ich vermisste mein Zuhause, meinen Vater und meine Geschwister, meine Tiere; einfach alles, war mein bisheriges Leben ausgemacht hatte. Besonders vermisste ich meine Mutter, ihre weichen Hände, die mein Gesicht umfassten, ihre Umarmungen und ihre liebe Stimme, mit der sie mir ihre Geschichten erzählte. Das Leben im Kloster war eigentlich nicht schlecht, aber das Heimweh blieb und plagte mich.

Zuerst musste ich das Schreiben und Lesen sowie die lateinische Sprache gründlich erlernen. Solche Fertigkeiten waren für Frauenzimmer meiner Zeit nicht allzu gern gesehen, weil die Fruchtbarkeit darunter leidet, daher wurde den meisten Frauen das Lernen verwehrt. Eigene Gedanken und Ideen wurden den Frauen meiner Zeit ohnehin nicht gerne zugestanden, sie waren zum Kinderkriegen da. Nur manche adlige Frauen durften das Lesen und Schreiben lernen, für die einfachen Weiber schickte sich das nicht. Im Kloster aber ist das Lesen und Schreiben wichtig, und gottgeweihte Frauen bekommen ohnehin keine Kinder. Mit Holzbuchstaben und später mit Wachstafeln lernten wir, die ersten Worte zu schreiben. „Gloria in excelsis deo" – „Ehre sei Gott in der Höhe", mit solchen Sätzen begannen wir. Nur sprechen durften wir nicht viel. Im Kloster wurde viel geschwiegen, damit wir in der Stille auf Gott hören konnten. Und viel gebetet – sogar des Nachts mussten wir aus unseren Schlaflagern, um in der dunklen kalten Kirche zu beten. Wir Mädchen waren oft so müde, dass wir auf den harten Bänken in der Kirche eingeschlafen wären, wenn wir nicht so gefroren hätten. Die Nonnen sangen so schön wie die Engel, schon damals liebte ich den gregorianischen Gesang, der die Kirche erfüllte und Gott erfreute. Gottes Wort hörten wir sogar während des Essens, aufmerksam mussten wir den Tischlesungen lauschen und durften selbst nicht sprechen. Nachmittags erlernten wir feine Handarbeiten, wir hatten Gesangsunterricht und übten Schönschrift, und immer wieder versammelten wir uns in der Kirche, um die verschiedenen Gebetszeiten einzuhalten. Eigentlich war jeder Tag gleich, nur unterbrochen von den verschiedenen Kirchenfesten und den Tagen, an denen wir unserer Heiligen gedachten.

Im Jahre 1509 verließ ich das Kloster zu Brehna und wechselte in das Zisterzienserinnen-Kloster Marienthron in Nimbschen in der Nähe von Grimma. Meine Muhme Margarethe von Haubitz lebte dort und nahm mich unter ihre Fittichen. Auch dort war der Tagesablauf nicht wesentlich anders als in Brehna, dort wie hier galt der Satz: „Siebenmal am Tag singe ich Dein Lob und nachts stehe ich auf, um Dich zu preisen." In der Bibel steht: „Betet ohne Unterlass!", und wo kann man das besser als im Kloster. Aber auch das Arbeiten kam nicht zu kurz, denn der heilige Benedikt sagte: „Ora et labora!", also „Bete und arbeite." Wichtiger als jede Arbeit war jedoch der Gottesdienst, dem nichts vorgezogen werden darf. Für Gott da zu sein ist wichtiger als alles andere. Also versammelten wir Kinder uns zusammen mit den Nonnen, um die Laudes, also das Morgenlob zu beten. Die aufgehende Sonne erinnerte uns dabei an die Auferstehung Christi. Wir begannen mit: „Herr, öffne meine Lippen, damit mein Mund Dein Lob verkünde". Dem folgten der Hymnus, die Morgen- und Lob-Psalmen, das alttestamentliche Canticum, die Schriftlesung, das Responsorium und das Benedictus, die Bitten um das gute Gelingen und die Heiligung des neuen Tages, das Vaterunser, das Tagesgebet und der Segen.

Dann folgte die Betrachtungszeit, in der wir über einen vorgegebenen Bibelvers meditierten. Im Kapitelsaal hörten wir später ein Kapitel aus der Ordensregel, die jede Nonne auswendig kennen muss. Außerdem gedachten wir da der Verstorbenen dieses Tages. Um sieben Uhr morgens feierten wir die Heilige Messe. Bei der Terz riefen wir den Heiligen Geist an und baten Ihn um Seine Kraft und Freude. Dann endlich gab es im Refektorium, dem klösterlichen Speisesaal, das Morgenmahl – Getreidebrei und Brot, zum Trinken gab es meist Dünnbier. Dann war es Zeit für die Arbeit. Also polierte ich die heiligen Altargeräte, wischte die Gänge, half in der Küche und im Garten und überall, wo ich gebraucht wurde. Ich hätte es unserer Novizenmeisterin gegenüber nicht zugegeben, aber die tatkräftige Arbeit machte mir mehr Freude als das stundenlange Beten. Nach der Arbeitszeit beteten wir die Sext und die Non, die Mittagshoren. Dabei gedachten wir dem Leiden und Sterben Christi. Dann gab es das Mittagsmahl – meist Gemüsesuppe und Brot. Fleisch gab es selten im Kloster, zusätzlich zu den ungefähr 130 Fastentagen im Jahr fasteten und kasteiten wir uns weitaus mehr als vorgeschrieben. Nach dem Mittagsmahl wurde weitergearbeitet.

Am frühen Abend war es dann Zeit für die Vesper, dem Abendlob. Nach der Eröffnung, bei der wir: „Gott, komme mir zu Hilfe. Herr, eile mir zu helfen. Wie im Anfang, so auch jetzt und alle Zeit und in Ewigkeit. Amen. Halleluja" sangen, erforschten wir unser Gewissen nach Verstößen gegen die Ordensregel, Verstößen gegen die Nächstenliebe, Fehlern wie das Zuschlagen von Türen oder Verstößen gegen das Armutsgelübde, wenn wir vielleicht Milch verschüttet oder einen Becher zerbrochen hatten, und anderen Vergehen. Dann folgten der Hymnus, die Psalmen, das Vaterunser, das Tagesgebet und der Segen. Dabei gedachten wir dem verstorbenen Heiland, den seine Mutter Maria liebevoll umfasst hatte und um ihn trauerte. Wir sangen dann das Magnifikat, den Lobgesang Mariens, und gedachten des ewigen Lebens, das Christus allen Menschen versprochen hat, die an Ihn glauben.

Dann gab es den Abendbrei. Bei den Mahlzeiten schwiegen wir und lauschten wieder der Vorleserin, die erbauliche Texte vorlas. Am frühen Abend feierten wir die Komplet, das Nachtgebet, mit dem der Tag beschlossen wurde. Wir erforschten dabei unser Gewissen und überlegten, wo wir gegen die heilige Ordensregel und die Nächstenliebe gefehlt hatten. Dem folgte das Schuldbekenntnis, bei dem unsere Strafen festgelegt wurden. Dann folgten wieder der Hymnus, die Psalmen, die Kurzlesung, der neutestamentliche Gesang Nunc dimittis, die Oration und der Segen für die Nacht. So wurden wir ruhig und überließen uns für die Nacht Seiner Obhut. Nach der Komplet kam das große Stillschweigen, wir versuchten in der Stille, Gottes Wort zu hören. Wir gingen dann bald zu Bett, um nachts aufzustehen, und die Vigil, die Nachtwache, zu beten. „Mein Herz verlangt nach Dir in der Nacht", beteten wir – und wir empfanden das auch so.

Manchmal sang ich bei der Arbeit leise mein Lieblingslied vor mich hin, dessen Text mich immer wieder begeisterte: Christ ist erstanden, von der Marter alle, des solln wir alle froh sein, Christ will unser Trost sein. Kyrie eleis." Die anderen Mädchen fielen meist in meinen Gesang ein: „Wär er nicht erstanden, so wär die Welt vergangen; seit dass er erstanden ist, so lobn wir den Vater Jesu Christ. Kyrie eleis."

Die vielen Anbetungsstunden fielen mir leicht, nicht so leicht jedoch das ständige Stillsitzen. Ich wollte draußen barfuß herumlaufen, das Gras unter den Fußsohlen spüren, die Sonne auf meinem Gesicht oder den Regen auf meiner Haut. Ich wollte Vögel singen hören, den Schmetterlingen zusehen oder einen Hund streicheln. Ich wollte mit anderen Kindern herumtoben, spielen und lachen. Stattdessen musste ich langsam und mit gesenkten Augen gehen und die Hände in den Ärmeln verstecken. Die Gedanken sollten stets bei unserem Herrgott und unserem lieben Herrn Jesu sein. Aber das war schwer für ein zehnjähriges Kind wie mich. Sehr schwer. Im Kloster war es immer kalt, wir froren oft. Der Rücken schmerzte vom ständigen Bodenscheuern, und wir hatten oft Hunger vom ewigen Fasten.

Bald aber wurde es etwas einfacher für mich, denn ich freundete mich mit zwei Neuzugängen an. Ave und Margarete von Schönfeld waren ihre Namen, liebe Mädchen, die mich lange in meinem Leben begleiten sollten.

Nach einiger Zeit wurden wir Novizinnen. Statt der bisherigen einfachen Kleider erhielten wir nun das heilige Ordenskleid mit dem weißen Schleier. Die Zeit des Bodenscheuerns war nun vorüber, nun beschäftigten wir uns mit feinen Stickereien oder Schreibarbeiten im Scriptorium. Auch das Lesen der wenigen, weil sehr teuren und kostbaren Bücher war wichtig. Fein sittsam lauschten wir den Lesungen und Belehrungen oder wandelten im Kreuzgang, die Gedanken stets bei Gott. Es war kein aufregendes Leben, und manchmal konnte ich den Gedanken, mein ganzes Leben hier und auf diese Weise zu verbringen, nicht ertragen.

Zum Glück bekam ich bald eine Aufgabe, die mir mehr lag. Meine Muhme, also meine Tante, war Siechenmeisterin, und sie begann, mich ihre Kunst zu lehren. Ihr Wissen war gewaltig, und ich bemühte mich, mir alles zu merken, was sie mir beibrachte. Zum Beispiel, dass Schweinemist Blut stillt oder dass Pferdemist, in Wein aufgelöst, gegen Husten hilft. Epilepsie behandelten wir mit einem Kuchen aus dem pulverisiertem Fuß einer Gans, dem Schnabel einer Ente, getrocknetem Maulwurfsblut, Weizenmehl und Leber. Gegen Krätze und anderen Aussatz helfen Arsenik, Schwefel und Quecksilber. Litt jemand an Spulwürmern, gaben wir ihm Fenchelwasser; hatte sich jemand verbrannt, halfen wir ihm mit einer Salbe aus Schweineschmalz, Wachholder und Ei. Häufig trat das sogenannte Antoniusfeuer auf, das durch einen giftigen Pilz entstand, der auf Roggenähren wuchs. Dagegen half Steinstaub, Wagenschmiere, Pech und Tau, der zu Ostern und Pfingsten gesammelt wurde. Die größte Angst jedoch hatte ich vor der Pest. Erst vor etwa 150 Jahren, zwischen 1347 und 1351, starben etwa 25 Millionen Menschen in Europa an dieser grauenhaften Krankheit. Die Pest wurde – wie man damals glaubte – durch unsichtbare Insektenschwärme, giftige Dämpfe und Veränderungen in der Luft ausgelöst. Nun, im 16. Jahrhundert, setzte sich allmählich die Erkenntnis durch, dass die Pest durch Ratten, beziehungsweise deren Flöhe, übertragen wurde. Wie oft bat ich die Heiligen darum, dass Gott uns vor der Pest verschonen möge, aber ich wurde nicht erhört.

Die meisten Krankheiten wurden jedoch durch ein gestörtes Verhältnis der vier Säfte ausgelöst. Blut, Schleim sowie gelbe und schwarze Galle beeinflussen den Menschen in ihrem Temperament und regeln den Stoffwechsel sowie das

Gleichgewicht von Kälte und Wärme, Trockenheit und Feuchtigkeit. Je nachdem welcher Saft bei dem Menschen vorherrschte, war er eher cholerisch, melancholisch, phlegmatisch oder lebhaft. In Unordnung geriet der Säftehaushalt durch falsche Kleidung, schlechte Nahrung, starke Gerüche, Hitze, Nässe oder zu viel Arbeit. Aufgabe der Siechenmeisterin war es dann, das Gift durch Schwitzen oder Aderlass dazu zu bringen, den Körper zu verlassen.

Mich faszinierten jedoch die Kräuter am meisten. Dass unser Herrgott gegen jede Krankheit ein Kräutlein hat wachsen lassen, machte mich dankbar. Unmengen von Kräutern und Pflanzen lernte ich kennen, ihre Namen, ihre Wirkungsweise und die Dosierung. Zu wenig Medizin half nicht, zu viel davon konnte den Patienten töten. Am schönsten war es für mich, wenn es hinausging, in den Wald und auf die Wiesen, um neue Pflanzen zu suchen und zu ernten. Die freie Natur ließ mich Gott, unserem Schöpfer, ganz besonders nahe fühlen.

Immer wieder quälte mich jedoch der Wunsch nach einem anderen Leben, nach Hochzeit, einem lieben Mann und gesunden fröhlichen Kindern. Nach einem Leben voller Liebe und Freude, voller Lachen und Aufregungen. Ein Klosterleben bietet keine Abwechslung, jeder Tag ist dem anderen gleich. Den eigenen Charakter zu verleugnen, seinen eigenen Willen völlig zu unterdrücken, sich selbst abzutöten, das war ein hartes Stück Arbeit. Jeder Moment des Tages war minutiös durchgeplant, es gab keinerlei Abweichungen von dem Einerlei. Morgens wusste ich schon genau, wie der Tag verlaufen würde, es gab kein Entrinnen. Das machte mich manchmal aufmüpfig, mir fiel der Gehorsam oftmals schwer. Nicht selten meinte ich, alles besser zu wissen als meine Mutter Oberin, und ich musste meinen Trotz mühsam niederringen. In mir kamen Zweifel an der Ordensregel hoch, ich widersprach innerlich allem und hatte böse Gedanken. Dann überkam mich die Reue, und ich versuchte, meine Sünden durch übermäßiges Fasten, Geißeln und Schlafentzug gutzumachen. Aber es gelang mir nicht – ich blieb eine mit Sünden behaftete Klosterfrau, die nicht würdig war, dem Herrn anzugehören. Die vielen Stunden, die ich im Gebet verbrachte, machten mich nicht zu einer besseren Nonne. Ich verzweifelte daran. Ständig kam mir die Bibelstelle in den Sinn: „Ich bin nicht würdig, dass Du eingehst unter mein Dach, aber sprich nur ein Wort, und meine Seele wird wieder gesund!" Was konnte ich nur tun, damit Gott mich in meiner Unvollkommenheit annahm und mich liebte? Wie konnte ich es schaffen, Seinen Anforderungen gerecht zu werden? Schon in der Nächstenliebe fehlte ich, das Zusammensein mit den vielen Schwestern zerrte oft an meinen Nerven; es fiel mir manches Mal schwer, die Gemeinschaft mit ihnen zu ertragen. Wie sollte Gott mich da lieben können? Mich, die unwürdigste aller Nonnen, die es kaum wagen durfte, ihre Augen zum Altar zu erheben?

Ich konnte nicht ahnen, dass sich in Erfurt ein noch unbekannter Mönch die gleichen Fragen stellte, sich mit noch ärgerer Verzweiflung quälte und seinen Körper voll seelischer Pein geißelte.

Im Herbst 1515 – ich war mittlerweile 16 Jahre alt – legte ich meine Ewigen Gelübde ab. Nun trug ich den schwarzen Schleier und war eine Braut Christi. Für mein ganzes Leben hatte ich Armut, Keuschheit und Gehorsam versprochen; einen Weg zurück in die Welt gab es nicht. Ein Versprechen, das man Gott gegeben hat, kann nicht zurückgegeben werden. Manchmal träumte ich davon, dass ich mich in einen schönen jungen Mann verliebte, der mich nachts heimlich aus dem Kloster holte und mich zu sich auf sein Landgut holte. Aber wenn ich erwachte, wurde mir schnell wieder klar, dass ich im Kloster kaum die Gelegenheit hatte, junge Männer kennenzulernen, und dass auf die Entführung einer Nonne der Tod stand. Eine Ehe würde für mich ein unerfüllbarer Traum bleiben.

Natürlich wusste ich, dass ein Klosterleben nicht schlecht war. Wie viele Frauenzimmer litten unter einem strengen Eheherrn, der sie schlug und ihnen das Leben schwermachte; starben im Kindbett oder verhungerten nach einer schlechten Ernte? Davor waren wir hier im Kloster gefeit, außerdem gab es sonst für Frauen schwerlich Gelegenheit, so viele Dinge zu erlernen wie im Kloster. Und trotzdem…

Aber in diesem eintönigen Alltag gab es unerhörte Neuigkeiten, die jemand heimlich ins Kloster schmuggelte.

Ein Mönch in Wittenberg hatte im Herbst 1517 gegen den Papst aufbegehrt. Wie konnte er es wagen? Dieser Doktor Martinus Luther behauptete plötzlich, dass der Papst, Seine Heiligkeit in Rom, Papst Leo der X., die Menschen betrüge, indem er Ablassbriefe verkaufen ließ, um den Menschen die Zeit im Fegefeuer zu verkürzen oder zu ersparen. Nicht der Papst könne Sünden vergeben, sondern nur Gott alleine. Er behauptete, dass man nur glauben dürfe, was in der Bibel stünde, und dass der Papst manchmal falsche Dinge lehrte. Er schrieb, dass es nicht recht sei, Geld für den Petersdom zu geben, um sein Seelenheil zu erlangen. Der Papst war darüber in großen Zorn geraten, und Kardinal Cajetan kam nach Augsburg, um Luther zu verhören. Luther hatte gewaltige Angst auf seiner Reise nach Augsburg. Er fürchtete – zu Recht – auf dem Scheiterhaufen zu landen und fühlte sich vom Teufel selbst bedrängt, den er nur abwehren konnte, indem er ihm seinen blanken Hintern zeigte und kräftige Fürze fahren ließ.

Luther wollte nur widerrufen, wenn er mit der Bibel widerlegt werden würde. Im Juni 1520 erließ der Papst die Bannbulle Exsurge Domine, worin Luther eine Frist von 60 Tagen zur Unterwerfung gesetzt und ihm mit dem Kirchenbann gedroht wurde. Unter dem Jubel der Öffentlichkeit verbrannte Luther jedoch diese Bulle vor dem Wittenberger Elstertor. Nun wurde er nach Worms zum Reichstag gerufen. Dort sollte Luther seine Lehren widerrufen, aber er hatte sich geweigert. Darauf hatte der Kaiser über ihn die Reichsacht verhängt, was bedeutete, dass er vogelfrei war. Niemandem war es erlaubt, ihm zu essen zu geben oder einen Trank zu reichen, und jeder durfte ihn töten. Aber Luther war verschwunden, niemand wusste, wo er sich aufhielt oder ob er überhaupt noch lebte. Seine Schriften jedoch verbreiteten sich mit rasender Geschwindigkeit in deutschen Landen, beinah alle Menschen, die lesen konnten, hatten sie gelesen und den Leseunkundigen vorgelesen. Unglaublich.

Ich war fassungslos. Wie konnte ein Mensch es wagen, sich gegen den Papst aufzulehnen? Papst Leo X. war der Stellvertreter Gottes auf Erden, der höchste und größte Mensch, den es gab, der Nachfolger Petri. Der Papst war unfehlbar, er konnte sich einfach nicht irren. Dieser Mönch musste verrückt sein.

Doch eines Tages geriet auch mir ein Traktat Luthers in die Hände. Die Schrift trug den Titel: „Von der Freiheit eines Christenmenschen". Unter anderem heißt es da: „So hilft es der Seele nicht, wenn der Leib heilige Kleider anlegt, wie es die Priester und die Geistlichen tun; auch nicht, wenn er leiblich betet, fastet, wallfahret und alle guten Werke tut, die nur immer durch den Leib und in dem Leibe geschehen können. Es muss noch alles etwas anderes sein, was der Seele Frommheit und Freiheit bringt und gibt. Denn alle diese Stücke, Werke und Weisen kann auch ein böser Mensch, ein Gleisner und Heuchler, an sich haben und ausüben. Wiederum schadet es der Seele nicht, wenn der Leib unheilige Kleider trägt, an unheiligen Orten isst, trinkt, wallfahret, nicht betet und all die Werke anstehen lässt, die die oben genannten Gleisner tun."

Das verschlug mir den Atem. Im Kloster lehrte man uns, das heilige Ordenskleid zu küssen, bevor wir es anzogen, und wie wichtig es war, viel zu beten, oft zu fasten und gute Werke zu tun. Wie konnte dieser Luther all dies für falsch erklären – noch dazu so, dass ich ihn begreifen konnte?

Weiterhin schrieb er: „Die Seele hat kein anderes Ding weder im Himmel noch auf der Erde, worin sie lebt, fromm, frei und Christ ist, als das heilige Evangelium, von Christus gepredigt. Wie Er selbst sagt in Johannes 11, Vers 25: Wer an mich glaubt, der lebt ewig. Oder in Johannes 14, Vers 6: Ich bin der Weg, die Wahrheit und das Leben. So müssen wir nun gewiss sein, dass die Seele alle Dinge entbehren kann, ausgenommen das Wort Gottes, und ohne das Wort Gottes ist ihr mit keinem Dinge geholfen. Wenn sie aber das Wort hat, dann bedarf sie keines anderen Dinges mehr, sondern sie hat in dem Wort Genüge und alles Gute überschwänglich. Und Christus ist uns keines anderen Amtes willen gekommen, als das Wort Gottes zu predigen. Auch sind alle Apostel, Bischöfe, Priester und der ganze geistliche Stand allein um des Wortes willen berufen und eingesetzt, obwohl es nun leider anders zugeht."

Ja, der Mensch lebt nicht vom Brot allein, sondern von jedem Wort, das von Gottes Munde ausgeht. Und es stimmte, dass Jesus gesagt hatte, der Weg zu Seinem Vater, unserem Herrgott, führe nur über Ihn. Wenn wir Ihm vertrauten, sein *Sühnopfer* für uns persönlich annahmen und Ihm nachfolgten, konnten wir dann wirklich auf Ablässe, Reliquienverehrung, nächtelanges Knien und Beten vor dem Altar verzichten und allein auf Gottes Gnade vertrauen? Konnte der Weg in den Himmel so einfach sein, ohne den Umweg über das Fegefeuer, in dem man für alle seine Fehler büßen musste, um rein zu werden für Gott?

Luther schrieb: „Du sollst dich Jesus Christus mit festem Glauben ergeben und frisch auf ihn vertrauen. Dann werden dir um dieses Glaubens willen alle deine Sünden vergeben, soll all dein Verderben überwunden sein, und du sollst gerecht, wahrhaftig, befriedet, fromm sein und alle Gebote erfüllen, du sollst von allen Dingen frei sein. So sagt St. Paulus, Römer 1, Vers 17: Ein gerechtfertigter Christ lebt nur von seinem Glauben."

Konnte das wirklich wahr sein? Konnte das bedeuten, ein Leben im Kloster sei nicht erforderlich, um einst in die Herrlichkeit einzugehen? Waren unsere Gebete für das Volk und die armen Seelen nicht erforderlich, um sie aus dem Fegefeuer zu Gott zu geleiten? Sollten wirklich alle unsere Bemühungen umsonst sein, sollte der Glaube an Jesus Christus und sein Erlösungswerk allein genügen? Ich konnte nicht fassen, was ich da las.

Andererseits belegte er das, was er sagte, mit Texten aus der Bibel. Die Bibel musste einfach die höchste Autorität sein, denn sie war Gottes Wort. War es denkbar, dass der

Papst etwas anderes sagte, um Geld von seinen Gläubigen zu erhalten? Ich wusste nicht mehr, was ich glauben sollte.

Luthers Schriften verbreiteten sich schnell in unseren deutschen Landen. Zu Hilfe kam ihm dabei Johannes Gutenberg, der die Buchdruckkunst verbesserte, in dem er bewegliche Lettern erfand und aus der Spindelpresse die Druckerpresse entwickelte. Damit war es möglich, schneller und einfacher Schriften zu drucken, die dann zu einem bezahlbaren Preis verkauft werden konnten.

Das gab viel Unruhe. Alles, was wir bisher geglaubt und gewusst hatten, wurde nun über den Haufen geworfen. Die einen waren begeistert über die Neuerungen, die anderen hielten am Altüberlieferten fest und stritten gegen Luther und seine Anhänger.

Im März 1522 verließ Dr. Luther die Wartburg, auf der er sich versteckt und dort als Junker Jörg gelebt hatte, nachdem er das Neue Testament ins Deutsche übersetzt hatte. Als Vorlage nutzte er eine griechische Bibel des Erasmus von Rotterdam zusammen mit dessen lateinischer Übersetzung und der Vulgata. Das waren unerhörte Neuigkeiten.

Luther hatte dabei den Leuten „aufs Maul geschaut" und die Bibel so verfasst, dass der einfache Mann sie verstehen konnte, sofern er zu lesen vermochte. Das hatte es noch nie gegeben. Sogar neue Begriffe hatte er erfunden, die Ihr heute noch nutzt. Worte wie Lückenbüßer, Machtwort, Hanswurst, Tohuwabohu, Bluthund, Schandfleck,

Gewissensbisse, Lästermaul, Lockvogel, Feuertaufe und Feuereifer oder Ausdrücke wie: jemanden reinen Wein einschenken, es ist der Teufel los, jemanden in Stich lassen, in Rätseln sprechen, ein Buch mit sieben Siegeln, ein Herz und eine Seele, Wolf im Schafspelz, aus der Reihe tanzen, Feuer und Flamme sein, notwendiges Übel, etwas auf die Goldwaage legen, auf glühenden Kohlen sitzen und noch viele mehr haben wir Dr. Luther zu verdanken.

Dann erhielten wir in unserem Kloster ein unerhörtes Schreiben von dem streitbaren Mönch: Er hatte eine Schrift verfasst, in dem er die heiligen Gelübde angriff, die nicht freiwillig abgelegt worden sind. Er meinte, sie seien gegen die Vernunft, und die Werke des Ordenslebens führten nicht zum Heil. Damit würde man Christus verleugnen, weil man sich auf eigenes Tun verlässt und nicht auf seine Gnade. Ich kam aus dem Staunen nicht mehr heraus. Ich selbst war nicht freiwillig ins Kloster gegangen, ich war als kleines sechsjähriges Mädchen einfach dorthin gebracht worden. Niemand hatte mich gefragt, ob ich mein Zuhause verlassen und Nonne werden wollte; ich hätte die Folgen für mein ganzes weiteres Leben auch gar nicht abschätzen können. Vor der Ablegung der Ewigen Gelübde hätte ich das Kloster nur verlassen dürfen, wenn ich von meinem Vater die Erlaubnis gehabt hätte, aber er wollte, dass ich im Kloster bliebe. Ich war nicht ungern im Kloster, es war ein gutes Leben hier. Und doch – ich sehnte mich nach Liebe und Freiheit, das war im Kloster nicht zu finden.

In mir und einigen anderen Nonnen wuchs der Wunsch, das Kloster zu verlassen. Anfangs war der Gedanke beängstigend, furchteinflößend und eigentlich undenkbar – aber er ließ mich nicht los. Wenn das Klosterleben nicht zum Heil führte, was half es dann, hier auszuharren mit diesen strengen Regeln, der Selbstverleugnung, dem vielen Beten und Fasten. War es ebenso gottgewollt, ein Leben draußen in der Welt zu führen, einen Mann und Kinder zu haben und Freude zu erleben? Würde Gott uns vergeben, wenn wir unser heiliges Gelübde brachen und unser Glück in der Welt suchten? Oder würde Er uns fürchterlich strafen und uns nach unserem Tode dem ewigen Höllenfeuer überantworten? Oder sollten wir auf Gottes Gnade vertrauen und auf Erlösung hoffen – ohne unser klösterliches Leben?

Anfang des Jahres 1523 entschlossen sich einige Schwestern und ich, den Weg in die Freiheit zu wagen. Wir wussten nicht, was uns draußen erwarten würde, aber wir wollten den Schritt nach draußen tun. Ave von Schönfeld schrieb einen Brief an Leonhardt Koppe und bat um Hilfe bei der Flucht. Freiwillig würde uns die Äbtissin nicht gehen lassen, wir würden das Kloster nur heimlich verlassen können.

Nach einer uns endlos scheinenden Wartezeit erhielten wir Antwort. In der Osternacht sollte es geschehen. Meister Koppe erschien mit einem Planwagen und forderte uns auf, uns zwischen den Heringsfässern zu verbergen. Aufgeregt und zitternd versteckten wir uns, dann ging die rumpelnde

Fahrt in Richtung Freiheit los. Was würde geschehen, was würden wir erleben? Würden sich unsere Träume erfüllen?

Zunächst gelangten wir nach Torgau, wo wir den Ostergottesdienst mitfeierten. Später erfuhren wir, dass Luther an unsere Angehörigen geschrieben und um unsere Freilassung gebeten hatte. Aber unsere Familien wollten uns im Kloster belassen, uns einem gesicherten Leben und hohem Ansehen nicht entreißen. Wahrscheinlich hatten unsere Familien auch Befürchtungen, wir könnten unseren Anspruch auf unser Erbe geltend machen.

Es war ein merkwürdiges Gefühl, das Ordensgewand auszuziehen. So lange Jahre hatte ich es getragen und nicht einmal nachts abgelegt. Nicht einmal das härene Gewand, das auf der Haut scheuerte und juckte, um uns zu plagen, da wir ja mit Jesus mitleiden sollten, wurde jemals ausgezogen, nur, wenn es alle paar Monate gewaschen wurde. Es schickt sich im Kloster nicht, sich seines Gewandes zu entledigen. Nun erhielten wir weltliche Gewänder geschenkt – nicht mehr in den einzigen, uns erlaubten Farben schwarz und weiß, sondern aus bunten weichen Stoffen, die herrlich schimmerten und golden und silbern bestickt waren. So wunderbare Gewänder hatte ich noch nie gesehen, und nun durfte ich selbst so eines tragen. Auch prachtvolle Hauben gab man uns. Als unverheiratete Jungfrau trug man eigentlich keine Haube, aber es war eine wunderbare Möglichkeit, unsere geschorenen Köpfe zu verbergen.

Bald darauf ging unsere Reise weiter nach Wittenberg. Dort trafen wir ihn – Martin Luther, unseren Befreier, diesen streitbaren Mönch. Mir gefiel der hagere Mann, selbst in seiner abgerissenen Kutte wirkte er bedeutsam. Ich mochte ihn sofort. Schüchtern dankte ich dem großen Manne, dass er uns die Flucht ermöglicht hatte, und berichtete von unserem Leben. Dr. Luther winkte ab: „Der Leib ist uns nicht deshalb gegeben, dass wir sein natürliches Leben töten. Gott ist nicht ein Mörder, sondern ein Schöpfer, aus dem nur Leben fließt." Ich nickte. Diese Geißelungen und das Fasten hatten mich stets viel Kraft gekostet.

Bei dem berühmten Maler und reichen Apotheker Lucas Cranach gab es ein festliches Mahl für uns. Hohe Herren waren dort, deren Namen ich mir anfangs kaum merken konnte. Zum Beispiel Philipp Melanchthon, der eigentlich Philipp Schwarzerdt hieß, und dessen Namen man aufgrund seiner ungeheuren Gelehrsamkeit, besonders in der griechischen Sprache, die er an der Wittenberger Universität lehrte, ins Griechische übersetzt hatte. Ein kleiner schmächtiger Mann, der zeitlebens unter einem Sprachfehler litt, aber fesselnd zu reden verstand und seine Studenten begeisterte. Johannes Bugenhagen, der im Herbst Pfarrer an der Wittenberger Stadtkirche werden würde und sich einen Namen mit dem Schreiben neuer Kirchenordnungen machte. Anfangs hielt er Luther für einen Ketzer, aber nachdem er sich mit dessen Schriften beschäftigte, änderte er seine Meinung. Georg Spalatin, der Verwalter der Universitätsbibliothek, Hofkaplan und

Geheimschreiber des Kurfürsten, außerdem dessen Beichtvater und vertrautester Diener und Ortspfarrer - sie alle würden in meinem Leben noch wichtig werden.

Bald nahm Luther seine Laute, er spielte und sang, dass es nur eine Freude war. Ich lauschte seiner Stimme fasziniert, sie war volltönend und kräftig, und er sang mit Begeisterung geistliche Lieder, die er selbst verfasst hatte. Als er meine Bewunderung spürte, lachte er herzlich und meinte: „Die Musik ist die beste Gottesgabe – und dem Satan sehr verhasst." Das gefiel mir. Ich erfuhr, dass Luther sich das Lautespielen selbst beigebracht hatte, als er lange bettlägerig war, weil er sich mit seinem Degen eine schwere Beinverletzung zugezogen hatte.

Bei guten Menschen fand ich zunächst Unterkunft. Dort hörte ich zum ersten Mal von Thomas Müntzer aus Stolberg, der ein Anhänger Luthers war. Er hatte eine ehemalige Nonne geheiratet und hielt den gesamten Gottesdienst auf Deutsch, so dass die Gläubigen verstehen konnten, was er sagte. Wie wunderbar. Mir machte es zwar keine Mühe, den Messen zu folgen, denn jede Nonne erlernt Latein, aber wie herrlich war es doch, dass jeder Mensch nun die wunderbaren Worte Gottes, die Gebete, Psalmen und Lieder verstehen konnte.

Nach der klösterlichen Stille genoss ich nun das muntere Treiben in Wittenberg. Zuerst hatte ich das Gefühl, die vielen Geräusche und die vielen Menschen nicht ertragen zu können. Im Kloster war es absolut still, wir schwiegen ständig und verrichteten unsere Arbeit leise. Hier draußen in der Welt gab es keine Ruhe, ich hörte das Rollen der Wagenräder, die Gespräche der Menschen, die Rufe der spielenden Kinder, das Wiehern der Pferde – hier spielte sich das Leben ab. Doch bald gewöhnte ich mich an die Geräusche und fand es herrlich.

Und dann passierte etwas Wunderbares in meinem Leben: Ich verliebte mich. Das, was ich im Kloster so schmerzlich vermisst hatte, die Liebe, war nun in mein Leben getreten. Hieronymus Baumgärtner war sein Name, ein wunderbarer, freundlicher Patriziersohn aus Nürnberg, der in Wittenberg studiert hatte und mit Luther und Melanchthon befreundet war. Und das Wunderbarste überhaupt war, dass er sich ebenfalls in mich verliebte. Mein sehnlichster Wunsch war in Erfüllung gegangen: Ich liebte und wurde geliebt. Bald machte Hieronymus mir einen Heiratsantrag, und ich sagte überwältigt und voller Glück Ja zu ihm. Ich würde eine Ehegemahlin und Mutter seiner Kinder werden, was konnte es denn noch Schöneres geben?

Hieronymus machte Ernst und fuhr zurück nach Nürnberg, um von seinen Eltern das Einverständnis zur Hochzeit und ihren Segen zu erbitten. Ich konnte es nicht erwarten, bis er endlich zurück kam und wir heiraten konnten. Doch er ließ auf sich warten.

In der Zeit bis zu seiner Rückkehr machte ich mich in der Cranachschen Apotheke nützlich. Im Kloster hatte ich ja genügend Kenntnisse sammeln können, um jetzt eine gute

Hilfe in der Apotheke zu sein. Auch in der Malerwerkstatt hielt ich mich gerne auf und verfolgte staunend, wie dort Farben gemischt wurden und die wunderbarsten Gemälde entstanden. Trotzdem verging die Zeit des Wartens quälend langsam.

Ich wollte Hieronymus eine gute Gemahlin, Hausfrau und Mutter seiner Kinder sein. Ich erlernte das Kochen, suchte Möbel aus, überlegte, wie ich Gewänder für ihn schneidern konnte und hatte Spaß daran, schöne Kleider zu tragen, um ihn zu erfreuen, wenn er zu mir zurückkam. Ich lernte, Brot und süße Kuchen zu backen, Würste und Käse herzustellen, zu buttern, einzuwecken, zu pökeln und alles zu tun, um meine zukünftigen Schwiegereltern zufriedenzustellen.

Ich wartete auf Hieronymus. Aber er kam nicht. Was mochte geschehen sein? War er krank? Verunglückt und schwer verletzt? War er etwa tot? Diesen Gedanken mochte ich gar nicht zulassen. Bald musste er doch kommen, etwas anderes war gar nicht denkbar. Aber er blieb fern. Ich wurde ganz krank vor lauter Sorgen um ihn. Doch irgendwann musste ich einsehen, dass er nicht wiederkommen würde. Meine Freundinnen, mit denen ich aus dem Kloster geflüchtet war, heiraten eine nach der anderen, nur ich blieb übrig. Ungeliebt, ungewollt – wie sollte ich das ertragen? Wie sollte ich ohne ihn leben? Der gute Dr. Luther schrieb sogar noch ein Brieflein an meinem Hieronymus und mahnte ihn, mich nicht zu lange warten zu lassen, damit ich nicht einen anderen eheliche. Aber es half nichts – kein Wort kam von meinem Bräutigam.

Luther schmiedete indes Pläne, mich dem Universitätsrektor Dr. Kaspar Glatz zum Ehegespons zu geben. Mir graute bei dem Gedanken. Sicherlich, er war gelehrt, von rechtem Glauben und mit gutem Auskommen. Aber ich mochte ihn nicht, und es schüttelte mich bei dem Gedanken, mit ihm mein ganzes Leben verbringen zu müssen.

Nikolaus Amsdorf, ein Freund Luthers, redete mir ins Gewissen und wollte mich zu einer Heirat mit Dr. Glatz überreden. Aber ich blieb stur und gab mutig zur Antwort, dass ich entweder ihn oder Dr. Luther selbst zum Ehemanne nehmen würde – keinen anderen. Doch Luther war verärgert über meinen Trotz, für ihn kam eine Heirat nicht in Frage. Bald erhielt ich die Nachricht, dass mein Hieronymus Ratsherr geworden war und sich mit einem vierzehnjährigen Mädchen verlobt hatte. Nun war die Sache endgültig klar – aus einer Heirat von uns beiden würde nichts werden. Seine Eltern hatten einer Heirat mit einer ehemaligen Nonne aus verarmtem Adel nicht zugestimmt.

Und es geschah ein Wunder – Luther, der inzwischen kein Mönch mehr war, „erbarmte" sich meiner. Er war nicht in mich verliebt, aber er meinte, seinem Vater, der eine Hochzeit verlangte, Gehorsam zu schulden. Außerdem glaubte er, eine Heirat würde seinen Worten über christliche Familien mehr Gewicht verleihen. Ich hatte mir mehr gewünscht – aber ich musste wohl zufrieden sein. Liebesheiraten sind in unserer Zeit ohnehin selten, meist heiratet man, um versorgt zu sein.

In die Zeit unserer Hochzeitsvorbereitungen fielen entsetzliche Ereignisse. Die Bauern führten Krieg gegen die Fürsten. Sie waren es leid, ihre eigenen Familien kaum versorgen zu können, um für Fürsten, Adel, Beamte, Patrizier und den Klerus zu arbeiten. Immer mehr Frondienste sollten sie leisten, und immer mehr Abgaben zahlen. Sie zahlten den Großzehnt und den Kleinzehnt, Steuern, Zölle und Zinsen. Wirtschaftliche Probleme, häufige Missernten und der große Druck der Grundherren führten immer mehr Bauern in die Hörigkeit und die Leibeigenschaft, was zusätzliche Pachten und Dienstverpflichtungen mit sich brachte. Auch in den Kirchen mehrten sich die Missstände. Viele Geistliche führten ein ausschweifendes Leben und profitierten von Stiftungen und Erbschaften der reichen Bevölkerung und den Abgaben und Spenden der Armen. Thomas Müntzer löste sich von Luther und wurde dessen schärfster Gegner. Während Dr. Luther bibeltreu den Gehorsamkeit gegenüber der Obrigkeit predigte, lehrte Müntzer, dass vor Gott alle Menschen gleich seien und niemand andere unterdrücken dürfe. In vielen Orten kam es zu kriegerischen Auseinandersetzungen. Luther schrieb heftig gegen die mörderischen und räuberischen Rotten der Bauern und forderte dazu auf, die Bauern zu zerschmeißen, zu würgen, zu stechen, heimlich und öffentlich, wer da konnte, wie man einen tollen Hund erschlagen muss. Am 15. Mai 1525 kam es zu einer der bedeutendsten Schlachten während des Bauernkrieges. Die Thüringer Bauern wurden unter Müntzers Führung vollständig besiegt. Es gab ein grausiges

Gemetzel, wonach die Ackerfurchen voller Blut standen und die Bauern wie Vieh abgeschlachtet wurden. Den wenigen Überlebenden wurden die Hände abgeschlagen und die Augen ausgestochen; wer das überlebte, musste verhungern, weil niemand mehr da war, der die Felder bestellte und die Ernte einbrachte. Thomas Müntzer wurde auf die Festung Heldrungen gebracht und am 27. Mai enthauptet. Sein Kopf steckte – für alle zur Abschreckung sichtbar – auf einem Pfahl. Die Stimmung drohte nun, sich gegen Luther zu stellen, die Verluste an Menschen waren einfach zu hoch, das Leid unendlich.

An Luthers Entschluss, mich zu ehelichen, änderte sich wegen des Krieges nichts, er stieß allenthalben auf wenig Verständnis und viel Ablehnung. Mir wurde unterstellt, ihn mir mit weiblicher List geschnappt zu haben, mir begegneten überall Misstrauen und Argwohn. Aber Martinus ließ sich von seinem Entschluss nicht abbringen. Meine romantischen Wünsche jedoch begriff er nicht, wie auch, wo er so viele Jahre fern von allen Frauenzimmern in klösterlicher Keuschheit gelebt hat. Wie wünschte ich mir nun eine Mutter, die mit mir die Aussteuer vervollständigte, Geschenke herbeischaffte und das Haus festlich schmückte. Auch nach zwanzig Jahren fehlte sie mir. Das Schwarze Kloster, das man Martinus geschenkt hatte, war kein heimeliges Zuhause; es war dunkel, voller Staub und Spinnweben, aber es lag mitten in der Stadt, mitten im pulsierenden Leben, das ich mir immer gewünscht hatte. Es war nicht leicht, Martinus klarzumachen, was hier alles fehlte, und zum Glück erhielten wir Geschenke, die es uns erlaubten, das Gebäude mit dem Nötigsten auszustatten.

Ich ging nicht ohne Furcht in diese Ehe – zwei ehemalige Ordensleute, was mochte daraus werden? Aber es ging besser als gedacht: Der Jurist Apel übernahm den schriftlichen Ehevertrag, unser Stadtpfarrer Bugenhagen vollzog die kirchliche Trauung und gab uns seinen Segen. Ein kleines gutes Nachtmahl gab es, dann wurden Martinus und ich zum Brautgemach geführt. Sanft deckte er uns zu – nun, wo wir unter einer Decke steckten, waren wir erst rechtskräftig vermählt.

Nun war ich also eine glücklich verheiratete Frau. Ein Lebenstraum war in Erfüllung gegangen, jedenfalls beinahe. Luthers große Liebe war ich nicht, dessen war ich mir bewusst, aber ich hatte ihn fest ins Herz geschlossen und wollte alles tun, um ihn glücklich zu machen.

Leider plagten mich gleich zu Anfang finanzielle Sorgen. Das Schwarze Kloster war noch nicht fertig gebaut, wir mussten einiges für Handwerker bezahlen, trotz vieler Hochzeitsgeschenke benötigten wir noch einiges für den Hausstand, weiterhin Lebensmittel und allerlei mehr. Aber Luther hatte keine Begabung für Geld. Honorar für seine Vorlesungen nahm er nicht, denn gut biblisch sagte er: „Umsonst habe ich empfangen, umsonst will ich geben!" Auch seine vielen Schriften brachten kein Geld ein, er verweigerte die Bezahlung von den Buchdruckern. Und die wenigen Geldstücke, das wir hatten, gab er mit vollen

Händen an jeden weiter, der an unsere Tür klopfte und um Münzen bat. Mir war klar, dass ich versuchen musste, möglichst viel herzustellen, um Geld zu sparen. Eine ganze Wirtschaft musste ich auf die Beine stellen, mit Ställen für Hühner, Enten, Schweine, Kühe, Pferde; auch Vorrats- und Futterkammern, einer Braustube – es gab unendlich viel zu tun. „Ora et labora, liebe Käthe von Bora", sagte ich mir, „hier soll mein Name Erfüllung finden."

Und so wurde es auch, es gab mancherlei Treiben im Schwarzen Kloster, so dass Martinus sich versteckte in seinem Turmzimmer, um dort in Ruhe zu arbeiten. Ich regelte derweil die Bauarbeiten, bewirtete Eltern, die ihre Kinder als Studenten brachten, empfing Boten, kochte gute Mahlzeiten, braute Bier, butterte, backte, setzte Käse an und war's zufrieden. Martinus staunte, was ich alles fertigbrachte, und nannte mich „Herr Käthe", zwar um mich zu necken, aber doch nicht ohne Anerkennung. Wurde ich ihm jedoch zu tätig, so tadelte er mich auch: „Man dient Gott auch durch Nichtstun, Herr Käthe, ja durch keine Sache mehr als durch Nichtstun. Deshalb nämlich hat er gewollt, dass vor anderen Dingen der Sabbat so streng gehalten werde. Sieh zu, dass du das nicht verachtest." Ich nickte dann brav, fragte mich, wer die viele Arbeit tun solle wenn nicht ich - und werkelte mit schlechtem Gewissen weiter.

Aber die Arbeit hielt mich davon ab, mit Martinus zusammen zu sein. So holte ich mein Spinnrad, stellte es ins Turmzimmer und spann, während Martinus schrieb.

Zuweilen machte er Pausen, und wir erzählten uns aus unserem Leben. So erfuhr ich, dass Martin einst erfolgreicher Jurastudent und sein Vater derart stolz auf ihn gewesen war, dass er ihn mit „Ihr" ansprach. Aber Martinus quälten diffuse Ängste. Er zweifelte an sich und an der Welt, suchte nach der Wahrheit und dem Sinn in seinem Leben. Ein plötzliches Todesfall im Bekanntenkreis machte ihm klar, wie schnell das Leben zu Ende gehen konnte, und dass er selbst stracks zur Hölle fahren würde, wenn er jetzt sterben müsse. So war er ein junger Mann, der zwar als Jura-Student erfolgreich, jedoch zutiefst verunsichert und verängstigt war. Eines Tages – er hatte seine Eltern in Mansfeld besucht und war nur auf dem Heimweg - warf ihn in Stotternheim ein gar heftiges Gewitter zu Boden, und er ward von Todesangst gepackt. So gelobte er der heiligen Anna, der Schutzpatronin der Bergleute, wie sein Vater einer gewesen war, ein Mönch zu werden, wenn er denn diese Gewitterhölle überlebte. Die Angst vor der Hölle stand ihm zu deutlich vor den Augen, und was konnte ihn retten außer einem Leben in Gebet und Buße.

Er machte auch gleich Ernst und ging in den Erfurter Augustinerorden, dem strengsten Orden überhaupt. Aber seine Seele fand keine Ruhe. Wie konnte er Gott gnädig stimmen, mit welchen Werken sein Wohlwollen erlangen? Martinus war ein einsamer, mit Gott ringender und an ihm verzweifelnder Mensch, in schrecklicher Angst um sein Seelenheil. Wie könnte er vor Gott bestehen, wie einen gnädigen Gott finden? Er betete stundenlang, fastete, kasteite und geißelte sich, strafte sich selbst mit Schlafentzug, beichtete mehrmals täglich und versuchte, mit solchen Leistungen den Himmel zu erstürmen. Gleichzeitig litt er unter den Missständen der Kirche und der geistlichen Oberschicht. Aber all seine „Möncherei" brachte ihn dem Himmel nicht näher.

Nach einigen Jahren im Kloster wurde er im Auftrag seines Klosters nach Rom geschickt. Natürlich nutzte er die Gelegenheit, sich die wichtigsten Sehenswürdigkeiten anzusehen, legte seine dritte Generalbeichte ab, erklomm auf seinen Knien die Heilige Treppe am Lateran, um Sündenvergebung zu erlangen und seine verstorbenen Familienangehörigen aus dem Fegefeuer zu befreien. Überall begegneten ihm in der Heiligen Stadt Geistliche, die lustlos Messen hielten, Geldgier, Unzucht, Sittenverfall, Prostitution und die Abkehr von Gott. Zurück in Wittenberg konnte er diese Enttäuschung über das heilige Rom kaum verwinden, dachte viel nach und las eifrig die Bibel. Dabei gab es für ihn ein Schlüsselerlebnis, das sein ganzes Leben und das unzähliger Menschen verändern sollte: Er fand in der Bibel das Prinzip der Gerechtigkeit Gottes. Sola gratia – allein aus Gnade. Nicht Werke und Taten führten zum Seelenheil, sondern allein der Glaube an Jesus Christus und die Annahme von Christi Opfer am Kreuz. So schrieb er 97 Thesen, um einen Disput unter seiner Mitdozenten zu entfachen. Dann verfasste er 95 Thesen zum Thema Ablass, die er an der Tür zur

Schlosskirche befestigte. Natürlich brachte ihm das viel Gegenwind: Der bekannte Ablasshändler Johann Tetzel schrieb seine Gegenthesen, die jedoch kaum Gehör fanden. Seine Einnahmen gingen rapide zurück, und er erhielt Hausarrest in seinem Leipziger Kloster.

Luthers weiterer Verlauf hatte sich sogar bis in unser Kloster herumgesprochen. Nie hätte ich gedacht, diesen ketzerischen Mönch, der mir so viel Respekt abverlangte, persönlich kennenzulernen und sogar zu ehelichen.

Als wir so einander näher kennenlernten, da *kamen* wir uns auch näher, und es kam der Tag, an dem Martinus mir zum ersten Male sagte, dass er mich liebte. Anfangs kam es ihm befremdlich vor, wenn er des Morgens erwachte und zwei blonde Zöpfe neben sich sah, aber nun war er glücklich, dass ich für ihn sorgte und für ihn da war. Oh, wie froh war ich darüber. Ich liebte ihn schon längst, und nun war mein lebenslang gehegter Herzenswunsch in Erfüllung gegangen: Ich hatte einen Gemahl, der mich liebte und den ich liebte. Danke, Gott im Himmel, für diese Deine Gnade.

Bald wurde mir noch eine weitere Gnade zuteil: Ich trug ein Kindlein unter dem Herzen. Ein Kind von meinem Martinus und mir, einen Beweis unserer Liebe. Ach, was freuten wir uns. Nur leider missgönnte man uns unser Glück und die Wittenberger fürchteten gar, ich könnte ein Monster zur Welt bringen, mit drei Köpfen, oder mit Hörnern und einem Klumpfuß. Eine Strafe Gottes sei unser Kind, weil wir unsere Gelübde gebrochen haben, und das würde man ihm ansehen können. Oder sie argwöhnten, das Kind könne vor der Zeit kommen, weil Martinus mir bereits vor der Hochzeit beigewohnt habe. Oh, das schmerzte. Nichts haben wir uns zuschulden kommen lassen, außer, unseren Weg zu Gott außerhalb des Klosters zu suchen.

Indes versuchte ich, Martinus gut zu versorgen. Er mochte meine Küche allzu sehr. Er aß und aß, und meinem selbstgebrauten Bier war er auch nicht abhold. Mir machte es Sorgen, wenn er sich so vollstopfte, um der schwarzen Melancholica, die ihm zu schaffen machte, keinen Raum in seinem Leib zu geben. Aber dies verursachte ihm starke Schmerzen und mancherlei Beschwer.

Von vielen Gebeten begleitet brachte ich voller Angst mein erstes Kindlein zur Welt. Nicht abwarten konnte ich es, es zu sehen. Und – Gott sei Lob und Dank – es war ein gesunder kleiner Junge. Nur ein Kopf, zwei Arme und Beine, zehn Fingerchen und Zehlein, rosig und hübsch, und es gab für mich nichts Schöneres, als ihn im Arme zu halten und ihn zu liebkosen. Auf den Namen Johannes wurde er getauft, aber für mich war er mein Hänschen. Martinus war überglücklich über seinen Sohn, er glaubte gar, nie habe die Sonne ein schöneres Kind als das unsere beschienen. Nichts sagte er mehr davon, dass Weiber dazu da sind, Kinder auszutragen, und dass es nichts ausmache, wenn sie im Kindbett stürben, denn dazu sind sie ja gemacht. Seine Liebe zu dem Kinde und zu mir hat dies wohl bewirkt.

Zu meiner großen Freude hatte nun auch meine liebe Muhme Lene das Kloster in Nimbschen verlassen. Bei uns fand sie nun ein neues liebevolles Zuhause, und sie dankte es uns mit herzlicher Zuneigung und zupackender Hilfe bei der nie enden wollenden Arbeit.

Immer wieder machte mir Martinus Sorgen wegen seiner Gesundheit, denn oft quälten ihn Herzschmerzen, Brustenge, körperliche Schwäche, Nieren- und Gallensteine – ach, es war ein Weh anzusehen, wie dieser starke Mann erbleichte, sich vor Schmerzen krümmte, schweißüberströmt und schweratmend niedersank und glaubte, sein letztes Stündlein habe geschlagen. Wie es ihn zu beichten verlangte, weil er meinte, gleich dem Allerhöchsten gegenüber zu stehen und Rechenschaft über sein Leben ablegen zu müssen. Wie innig betete Martinus: „Allmächtiger, ewiger, barmherziger Herr und Gott, der Du bist ein Vater unseres lieben Herrn Jesu Christi, Dein Wort ist wahrhaftig. Du hast mir im Anfang Deinen lieben einzigen Sohn Jesum Christum zugesaget; derselbige ist kommen, und hat mich vom Teufel, Tod, Höll und Sünden erlöset. Ist dies meine Stunde und dein göttlicher Wille, so will ich friedlich mit Freuden auf dein Wort gerne von hinnen scheiden, Amen."

Was dankte ich dem lieben Herrgott, dass er für mancherlei Krankheit ein Pflänzlein hat wachsen lassen und mich im Kloster die Heilkunst erlernen ließ, damit ich nun meinem Eheherrn Erleichterung verschaffen kann. Und doch fürchtete ich so manches Mal, als arme Wittfrau allein mit meinem Hänschen zurückzubleiben und der größten Not preisgegeben zu sein. Aber der Allmächtige hatte ein Einsehen und ließ mir meinen herzlich geliebten Martinus hier auf der Erde – bei mir.

Jedoch gab es keine Ruhe, keine Erholung von den täglichen Sorgen, und nun rollte ein Entsetzen auf uns zu, wie es nicht größer zu sein vermochte. Die Pest kam in unser schönes kleines Wittenberg! Nun hieß es, auf Gott zu vertrauen und die Ärmel nach oben zu krempeln. „Ein feste Burg ist unser Gott", das hat mein Martinus einst gedichtet, „ein gute Wehr und Waffen. Er hilft uns frei aus aller Not, die uns jetzt hat betroffen." Immer wieder sang ich diese Zeilen, um mir selbst Mut zuzusprechen: „Der alt böse Feind mit Ernst er's jetzt meint; groß Macht und viel List sein grausam Rüstung ist, auf Erd ist nicht seinsgleichen. Mit unsrer Macht ist nichts getan, wir sind gar bald verloren; es streit' für uns der rechte Mann, den Gott hat selbst erkoren. Fragst du, wer der ist? Er heißt Jesus Christ, der Herr Zebaoth, und ist kein andrer Gott, das Feld muss er behalten. Und wenn die Welt voll Teufel wär und wollt uns gar verschlingen, so fürchten wir uns nicht so sehr, es soll uns doch gelingen." Auch bei Martinus' Gottesdiensten sangen wir dieses Lied manches Mal. „Nehmen sie den Leib, Gut, Ehr, Kind und Weib: lass fahren dahin, sie haben's kein' Gewinn, das Reich muss uns doch bleiben."

Alle, die es vermochten, verließen Wittenberg und flohen nach Jena. In ihrer panischen Angst verließen sogar Eltern ihre kranken Kinder, Söhne und Töchter ihre kranken Eltern. Jeder, der irgendwie konnte, verließ die Stadt und ging aufs Land, in der Hoffnung, dieser schrecklichen Krankheit zu entfliehen. Im Pesthof neben dem Stadttor wurden die Gewänder der Pestkranken und -toten verbrannt, man versuchte, wenn auch meist vergebens, ihnen die Qualen und das Sterben zu erleichtern. Ich versuchte nun alles, um die Pest vom Schwarzen Kloster fernzuhalten. Aus dem klösterlichen Buch über Heilkunst wusste ich, welches Tränklein hilft, und schon braute ich es aus Branntwein, Tiriak, Myrrhen, Thunfischrogen, Tonerde, Schwalbenwurz, Diptam, Bibernell, Baldrianwurzel und Gaffer zusammen. Möge es uns helfen. In allen Räumen ließen wir mit Essig versetztes Wasser verkochen, um die Luft zu reinigen. Angenehm war das nicht bei dieser Julihitze, aber was half's.

Martinus rief mich, das Gesinde und unsere Studenten zum Gebet zusammen. Wir knieten uns alle hin und beteten: „Oh Herr Gott, Du weißt, was wir für eine arme schwache Kreatur sind. Lass uns doch nicht entgelten unseren schwachen Glauben und unsere große Undankbarkeit für Dein heiliges Wort. Mach Du uns doch fromm und stärke unseren Glauben, und erbarme Dich doch unser. Strafe unsere Bosheit mit Barmherzigkeit und nimm von uns gnädiglich die wohlverdiente Strafe der Pestilenz. Das gib uns, Du allerbarmherzigster Vater durch Jesum Christum, Deinen lieben Sohn, unseren Herrn, Mittler und Fürsprecher. Amen."

Die Pest hielt sich in Wittenberg. Viele Tote waren zu beklagen, und überall herrschte die Angst. Die Lebensmittel wurden immer teurer, kaum ein Bauer traute sich in die Stadt, um seine Waren abzuliefern. Die Pest machte vor niemanden Halt, nicht einmal von meinen Schweinen und Ferkeln. Erst der Winter verscheuchte den Atem der Pestilenz, erst im Schnee gab es ein Aufatmen und stille Freude.

Gott der Herr schenkte Martinus und mir ein zweites Kind, ein kleines Mädchen. Auf den Namen Elisabeth wurde es getauft, nach der Mutter von Johannes, dem Täufer. Ein zartes Kind, das nicht recht gedeihen wollte. Ich tat alles, was in meiner Macht stand, aber es blieb mager und schwächlich. Nach wenigen Monaten bekam unser Elslein Fieber, das nicht sinken wollte. Im Sommer holte Gott der Herr unser Töchterlein heim zu sich. Unsere kleine Elisabeth war nun ein Engel. Unsere Trauer um sie war grenzenlos. Martinus war nicht zu trösten, er zerbrach schier. Begraben haben wir unser Kind vor dem Elstertor. Ihre Grabinschrift lautet: Hier schläft Elisabeth, Martin Luthers Töchterlein. Im Jahre 1528, den 3. August.

Neben der Trauer hatte Martinus Sorgen wegen der Wiedertäufer. Ach, wollten denn die Sorgen kein Ende nehmen. Des Todes sollten sie sterben, weil sie meinten, ein Mensch solle erst zum Glauben finden und dann getauft werden. Martinus hielt entgegen, dass nicht aufgrund des Glaubens, sondern auf das Gebot Gottes hin getauft werden soll.

Im Herbst des gleichen Jahres wusste ich, dass ich wieder schwanger war. Ich konnte mich nicht ungetrübt freuen, denn ich hatte Angst vor den Türkenkriegen. Am 4. Mai 1529 wurde uns meine Magdalene geboren, am gleichen Tag, wie Sultan Süleiman II. sich zum heiligen Krieg gegen uns „Ungläubige" erhob. Die Mohammedaner töteten alle, die sich ihnen in den Weg stellten. Es dauerte bis zum Oktober, bis die Türkenheere vertrieben waren.

Im Juni 1530 übergaben die protestantischen Stände in Augsburg ihr Glaubensbekenntnis dem Kaiser. Confessio Augustana wurde es genannt, von Philipp Melanchthon verfasst. Darin wurden die Hauptartikel des evangelischen Glaubens vorgestellt, dann die Missbräuche, die sich – nach Meinung der Protestanten – in der Praxis der katholischen Kirche eingeschlichen hatten. Martinus war derweil in der Veste Coburg untergebracht, sozusagen in Schutzhaft. Wollten doch immer noch böse Feinde seiner habhaft werden. Der Kaiser und die Reichsstände waren leider entschlossen, beim alt hergebrachten Glauben zu bleiben. Ein halbes Jahr gaben sie den Reformatoren Zeit, um sich ebenfalls dem Papst und der katholischen Kirche wieder anzuschließen.

Für Martin war es in vielerlei Hinsicht eine schwere Zeit. Nachdem kürzlich sein Vater verstorben war, ging nun auch seine liebe Mutter heim zum Herrn, und mein großer starker Martinus weinte wie ein Kind um seine geliebten Eltern. Trotz der strengen Erziehung hatte er sie geliebt und ihnen längst verziehen, dass sie ihn, nachdem er eine Nuss gestohlen hatte, halbtot geschlagen hatten. Unsere Zeiten sind eben so, und wer sein Kind liebt, spart nicht mit der Rute.

Trost und Freude brachte uns unser nächstes Kind, das am 9. November 1531 geboren und auf den Namen seines Vaters getauft wurde. Martinus liebte es sehr, den Kindern beim Umhertapsen und Spielen zuzusehen. Gerührt betrachtete er die kleinen Menschlein und sagte: „Mit jedem Kind, das dir begegnet, ertappst du Gott auf frischer Tat."

Ich liebte unsere Weihnachtsfeste. Nach dem Weihnachtsgottesdienst gab es ein besonders gutes Essen, dann spielten die Kinder beglückt mit ihren Geschenken, die das Christkind gebracht hatte. Holzrasseln, Holzpferdchen, Tonmurmeln, selbstgenähte Püppchen und Leckerbissen wie feine Nüsse brachten ihre kleinen runden Gesichter zum Strahlen. Und mein Martinus erzählte eine seiner Geschichten: „Es war einmal ein frommer Mann, der wollte schon in diesem Leben in den Himmel kommen. Darum bemühte er sich ständig in den Werken der Frömmigkeit und Selbstverleugnung. So stieg er auf den Stufen der Vollkommenheit immer höher empor, bis er eines Tages mit seinem Haupte in den Himmel ragte. Aber er war sehr enttäuscht: Der Himmel war dunkel, leer und kalt. Denn Gott lag auf Erden in einer Krippe."

Danach sangen wir eines seiner schönen Weihnachtslieder: „Vom Himmel hoch, da komm ich her, ich bring Euch gute neue Mär." Andächtig sang ich mit. Was mein Martinus doch für wunderbare Worte fand und sie so wundersam zu setzen wusste, in feinsten Melodien. Meinem Gatten war sichtlich wohl zumute. Er legte seine Laute auf die Seite und sprach: „Musica ist das beste Labsal eines betrübten Menschen, dadurch das Herze wieder zufrieden, erquickt und erfrischt wird."

Bald nach Weihnachten ging der Alltag wieder los. Etwa dreißig Studenten bewohnten unsere Burse und aßen mit uns am Tische. Natürlich waren die Gesprächsthemen fast immer theologischer Natur, es entspannen sich Diskussionen, man tauschte seine Gedanken aus und Martinus erzählte und dozierte. Bald schon fingen unsere Studenten an, das, was Martinus sagte, mitzuschreiben. Irgendjemand hatte immer Feder und Papier dabei. Wir ahnten nicht, dass diese Tischgespräche später berühmt werden würden. Ich verfolgte diese Gespräche mit Spannung, wenn ich auch wusste, dass Martinus es nicht schätzte, wenn ich daran beteiligte. Oftmals überschlug ich auch nur in Gedanken die Kosten, die diese gemeinsamen Mahlzeiten verschlangen. Jährlich gaben wir 300 Gulden für Fleisch, 200 Gulden für Bier und 50 Gulden für Brot aus. In unseren Ställen standen fünf Kühe, 9 Kälber, 8 Schweine, 2 Mutterschweine, 3 Ferkel, eine Ziege und zwei Zicklein. Wie schön wäre es gewesen, wenn unsere Studenten ein Hörergeld oder eine Schutzgebühr gezahlt hätten. Aber auf meine Einwände antwortete Martinus nur: „Ich habe dreißig Jahre gratis gelehrt und gepredigt. Warum sollte ich jetzt, da ich alt und schwach bin, damit Handel anfangen? Der

Doktor ist kein theologischer Schankwirt." Ich seufzte und lauschte weiter seinen Reden, und bei vielen Reden kam auch wieder sein unvergleichlicher Humor hervor. Einmal disputierte er mit Doktor Cordatus und meinte: „Morgen muss ich Vorlesung halten über Noahs Trunkenheit. Also werde ich heute Abend ordentlich trinken, damit ich über diese schlimme Sache dann auch aus Erfahrung reden kann." Da sagte Doktor Cordatus: „Keinesfalls. Gerade das Gegenteil zu tun ist nötig!" Darauf Luther: „Man muss ja einem jedem Lande seine Gebrechen zugute halten. Die Böhmen fressen, die Wenden stehlen, die Deutschen saufen getrost. Denn, lieber Cordate, wie wollt Ihr jetzt anders einen Deutschen vorstellen denn durch Trunk? Zumal einen solchen, der weder Musik noch Frauen liebt?" Nun, unsere Mahlzeiten wurden meist sehr heiter beschlossen.

Ich hatte unsere Studenten wirklich ins Herz geschlossen, hörte mir ihren Kummer an, versorgte sie mit Essen und flickte auch gelegentlich ihre Gewänder, hatte mancherlei Leckerbissen für sie und kochte täglich. Auch unsere Besucher wurden liebevoll bewirtet und umsorgt, und für jedes Kümmernis hatte ich ein offenes Ohr. Für mich war das nichts Außergewöhnliches, ich hätte nie gedacht, dass ich einmal als „erste Pfarrfrau" bezeichnet werden würde, die den Pfarrhaushalt, wie Ihr ihn heute noch kennt, begründete.

Im April 1532 kauften wir einen Garten am Saumarkt. Eigentlich war er viel zu teuer für uns, aber es gelang mir rasch, das Geld herauszuwirtschaften. Er hatte einen

Fischweiher und Obstbäume, ich baute Gemüse an und Weinstöcke – ach, es war herrlich, darin zu schaffen und zu sehen, wie alles blühte und gedieh.

Ende Januar 1533 wurde uns wieder ein Sohn geschenkt, der auf den Namen Paul getauft wurde, im Dezember 1534 kam unsere Margarete zur Welt. Die Zeit verging mit allerlei Arbeit, und Martinus saß in seinem Turmzimmer und schrieb und schrieb und schrieb. Wie er in diesem gewaltigen Haufen von Papieren den Überblick behielt, war mir schleierhaft. Jedoch duldete er keine Aufräumerei in seiner „heiligen Unordnung".

Anno 1537 reiste mein Gemahl nach Schmalkalden. In seinen Schmalkaldischen Artikeln erläuterte er seine Übereinstimmungen mit der katholischen Kirche, seine Ablehnung der katholischen Messe und seine Begründung dazu, und das, was ihm so wichtig war: Sünde, Gesetz, Buße, Evangelium, Taufe und Abendmahl. Mir war bang bei seiner Abreise, sah er doch bleich und übermüdet aus. Meine Befürchtungen bewahrheiteten sich. Martinus schrieb mir einen Brief, in dem er verzweifelt seine Beschwerden schilderte: Fehlender Harnfluss, Erbrechen und Schlaflosigkeit. Er fühlte sich dem Tode nahe, doch fleißiges Gebet lieber frommer Leute und das Erbarmen unseres Gottes hatten ihn von seiner Pein erlöst und geheilt. Doch bei seiner Rückkehr sah ich, wie erschöpft er war, er schlief tagelang und war kaum fähig, aufzustehen. Nur langsam erholte er sich, war übellaunig und gereizt. Aber er verbrachte viel Zeit mit unseren Kindern, sang und betete mit ihnen und lehrte sie Gottes Wort.

Im Sommer 1538 war mein Martinus wieder sehr krank. Wochenlang plagte ihn die Ruhr, und als Folge davon hatte er das Reißen in den Beinen so arg, dass er nicht mehr aufstehen konnte. Und bald darauf quälten ihn die Steine, die furchtbare Schmerzen verursachten. Kaum zu essen vermochte dieser starke Mann, nur selten brachte er seine Lieblingsspeisen – Brathering und kalte Erbsen mit Senf – herunter. Sehr langsam erholte er sich.

Ich pachtete Land, um die vielen hungrigen Mäuler zu stopfen, die Tag für Tag an unserem Tische saßen und höchstens ein schmales Kostgeld ablieferten. Meine Sorgen um Leib und Wohl rissen nicht ab, ebenso wie die Arbeit. Martinus' fromme Ermahnungen halfen mir nicht weiter, wenn er sagte: „Ohn Unterlass tut Gott uns immer und immer das Beste, behütet uns Tag und Nacht, lässt Sonne und Mond scheinen und aus der Erde Korn und Kleider und alle Notdurft wachsen. Sorge dich nicht gar zu sehr, Käthe, der Herr wird es richten." – „Aber die Arbeit habe ich trotzdem, mein lieber Doktor Luther", dachte ich trotzig.

Und wie so oft, wenn man denkt, dass man sich plagt und nicht mehr kann, passiert etwas, was noch mehr Sorgen und Arbeit schafft. Zu unserem Entsetzen wurde unser liebes Wittenberg wieder von der Pest heimgesucht. In der drückenden Augusthitze des Jahres 1539 und während meiner Schwangerschaft ging es los, und meine liebe

Muhme Lene, die fast während meines ganzen Lebens bei mir war, erst im Kloster zu Nimbschen, dann bei uns zu Hause, war an Altersschwäche gestorben. Oh, wie wünschte ich mir ihren Beistand. In all diesem Leid und der Angst promovierte unser Hänschen, jetzt schon vierzehnjährig, an der Universität. Nicht zu fassen.

Bald wurden die ersten Toten in der Stadt gefunden. Die Juden waren aus der Stadt verjagt worden, also konnten sie die Brunnen nicht vergiftet haben. Wie kam nur diese entsetzliche Krankheit wieder in unsere Stadt? Die Wittenberger wurden schier toll vor Angst. Häuser von Pestkranken wurden niedergerissen, und wieder floh alles aus der Stadt, was noch laufen konnte. Es gab kaum noch etwas zu kaufen, die Bauern luden ihre Waren vor der Stadt ab, weil sie sich nicht in die Stadt trauten. Der Winter kam dieses Mal früh, die Kranken mussten nicht nur hungern, sondern auch frieren. Ich versuchte zu helfen, wo ich nur konnte. Überall war Elend in den schmutzigen und kalten Häusern, schmerzgeplagte Menschen, Schreie, Gestank und überall der Tod. Ich war so erschöpft, dass mir meine Schwangerschaft schwer wurde. Im Januar 1540 wurde ich selbst krank. Nicht die Pest, nein, es war wohl einfach die Müdigkeit, die den ganzen Körper umfasste, mit Fieber und Schmerzen. Mein Kindlein wurde tot geboren, ach, bevor es auf Erden leben konnte, hatte der Herr es schon wieder zurück zu Sich geholt. Ich bekam nicht viel davon mit, war über Tage fast bewusstlos, das Herz schlug nur noch schwach. Meine lieben Freundinnen pflegten mich, und

Martinus betete den ganzen Tag für meine Genesung. Erst nach fünf Wochen wurde ich wieder wach, konnte kaum laufen vor lauter Schwäche. Es war ein schwerer mühsamer Weg, wieder stark zu werden und das Gehen neu zu lernen, aber mit Gottes Hilfe wurde es besser und besser.

Martinus vertrieb mir die Zeit mit Geschichten. Der Landgraf Philipp von Hessen war in Liebe entbrannt zu der Hofdame Margarete von der Saale. Er wollte sie ehelichen, obwohl er bereits mit Christina vermählt war. Er setzte Martinus unter Druck und drohte ihm, die Reformation nicht zu unterstützen, wenn er nicht seinen Segen zu der Hochzeit gäbe. Martinus konnte nicht anderes und gab nach. Der Landgraf heiratet tatsächlich seine Margarete, obwohl seine erste Ehe noch bestand.

Mein Martinus kaufte mir das Gut Zulsdorf für 610 Gulden, der gute Kurfürst schenkte uns dafür 600 Gulden. Ich konnte Gott dem Herrn gar nicht genug dafür danken. Das Gut, das meinem Bruder Hans gehört hatte, war arg heruntergekommen, aber ich baute, schaffte und arbeitete, dass es bald reiche Ernte trug.

Im April 1540 wurde der Nürnberger Religionsfrieden bestätigt. Allen, die der Augsburger Konfession zugestimmt hatten, wurde Frieden für fünfzehn Monate garantiert, außer für die Wiedertäufer und andere Sekten natürlich.

An Weihnachten 1541 starb Andreas Karlstadt in Basel an der Pest. Ich hatte ihn trotz aller Differenzen gemocht, und ich weiß nicht, warum mein lieber Martinus ihm nicht verzeihen konnte und sogar das Gerücht weitergab, ein Gespenst würde sich an Karlstadts Grab und in seinem Hause mit lautem Gepolter herumtreiben. Er konnte nicht vergessen, dass Karlstadt die Studenten aus den Universitäten geholt hatte, damit sie lernten, ihren Lebensunterhalt mit ihrer Hände Arbeit zu verdienen, und dass er die Bilder und Statuen in den Kirchen zerschlagen hatte, weil er darin eitlen Tand gesehen hatte. Ich versuchte, wie immer, Martinus' Zorn zu beschwichtigen und ihn von allzu böser Schreiberei abzuhalten.

Im September 1542 wurde unser Lenichen gar so krank. Sie fieberte hoch, und keine kalten Wickel, kein Kräutertee und kein Gebet halfen. Wir wollten sie Gott überlassen, wenn Er sie für Sich wollte, aber es schmerzte so sehr, dass beinahe unsere Herzen brachen. Und wirklich – Gott der Herr nahm unser Lenichen zu Sich in den Himmel. Ich konnte nicht beschreiben, wie gewaltig unser Schmerz war, aber wir vertrauten auf Gott und Seine Führung. Mein Martinus brach aber beinahe zusammen, als der Tischler den Sarg brachte, der etwas zu kurz war. Er weinte und rief aus: „Ach, das Bettlein ist ihr zu klein!" Auf ihrem Grabstein steht geschrieben: „Hier schlaf ich, Lenichen, Doktor Luthers Töchterlein. Ruh' mit allen Heiligen in mein Bettlein. Die in Sünden war geborn, hätt ewig müssen sein verlorn. Aber ich leb' nu und hab's gut, Herr Christe, erlöst mit Deinem Blut."

Lenichen fehlte mir gar so sehr. Sie nie wieder lachen oder singen zu hören, nie wieder mit ihr zusammen im Hause zu arbeiten, ach, mein Mutterherz trug allzu schwer an dem Verlust. Auch Martinus litt. Er schrieb an Justus Jonas: „Obwohl ich und meine Frau nur fröhlich Dank sagen sollten für ihren so glücklichen Heimgang und ihr seliges Ende, durch das sie der Macht des Fleisches, der Welt, des Türken und des Teufels entgangen ist, so ist doch die Macht der natürlichen Liebe so groß, dass wir es ohne Schluchzen und Seufzen des Herzens, ja ohne große Abtötung nicht vermögen. Es haftet doch tief im Herzen ihr Anblick, die Worte und Gebärden der lebenden und sterbenden, ganz gehorsamen und rücksichtsvollen Tochter, dass nicht einmal Christi Tod (und was sind alle Tode der Menschen verglichen mit seinem Tod?) dies ganz vertreiben kann, wie es doch sein sollte..."

Der Oktober 1542 brachte weiteres Unheil. Eine Heuschreckenplage überzog das Land und vernichtete die Ernte, und die Pest war auch wieder da. Und nachdem ich schon meine liebe Freundin Barbara Cranach verloren hatte, starb nun auch noch die Frau von Justus Jonas. Das machte mich sehr traurig.

Und auch mein Lutherus machte mir Sorgen. Fast ständig litt er unter schweren Kopfschmerzen und Ohrensausen. Sein offenes Bein schmerzte, und fast alle Speisen, die er so liebte und reichlich zu sich nahm, verursachten ihm Bauchgrimmen. Die Steine in seinem Körper taten ihr

Übriges, das Herz flatterte und oftmals bekam er kaum Luft.

Und doch gab es etwas zum Freuen: Am 5. Oktober 1542 wurde im Torgauer Schloss die erste seit der Reformation in Sachsen erbaute Kirche eingeweiht. Martinus hielt eine Festpredigt und sagte dabei das, was für ihn der evangelische Gottesdienst beinhaltet: „Gott redet zu uns durch Sein heiliges Wort, und wir antworten Ihm mit Gebet und Lobgesang."

Im Jahre 1543 geriet Martinus in einen bösen Streit mit den Juden. Vor dreißig Jahren glaubte er noch an Israels Erwählung zu Gottes Volk und wünschte sich eine menschliche Behandlung der Juden. Sein größter Wunsch war es, die Juden zum evangelischen Christentum zu bekehren und ihnen somit das ewige Leben zu ermöglichen. Doch später glaubte er den Geschichten von Brunnenvergiftungen und den kollektiven Mordversuchen von Juden an Christen. Nun tat er alles, um die evangelischen Fürsten zur Vertreibung der Juden aus Mähren zu bewegen. Er verlangte, ihre Synagogen, Schulen und Häuser zu zerstören. Weiterhin körperliche Zwangsarbeit sowie ein Verbot ihrer Religionsausübung und des Geldgeschäfts. Ich konnte ihn nicht beruhigen. Ach, was habe ich auf ihn eingeredet – wie schon so oft - und versucht, ihn zu beschwichtigen, er solle doch die Juden und deren Schicksal unserem Herrgott überlassen. Aber Martinus blieb bei seiner Haltung: Man solle den Juden die christliche Taufe anbieten; blieben diese aber bei ihrer

Religion, solle man sie vertreiben, um das Christentum nicht zu gefährden. Ich kannte sein heißblütiges Herz und sein vorschnelles Wort, das er später manches Mal bereute, und vielleicht habe ich es geschafft, ihn vor mancherlei üblen Schriften abzuhalten. Aber sein Jähzorn blieb, auch sein oft rauer und ungeschliffener Ton. Diesen Charakterzug konnte er nicht bezwingen, auch ich konnte ihn nicht zu mehr Ruhe und Bedachtsamkeit bringen.

Im Januar 1545 starb Martinus guter Freund Georg Spalatin. Mein lieber Eheherr trauerte um seinen Weggefährten. Schon so viele liebe Menschen hatten uns und diese Welt bereits verlassen und wurden schmerzlich vermisst.

Ende Januar 1546 reiste Martinus nach Eisleben. Ich hatte große Angst um ihn. Mein Martinus wirkte müde und erschöpft, er sah alt aus mit seinen 62 Jahren. Was hatte dieser Mann in seinem Leben geschafft, gewirkt und geschrieben, es würde für drei Leben reichen. Martinus brauchte Erholung, warum wurde sie ihm nicht vergönnt? Ich fand keine Ruhe. Böse Ahnungen quälten mich, etwas war nicht in Ordnung mit ihm. Hoffentlich würde er nicht wieder ach so krank, wer sollte ihn pflegen und zu heilen versuchen? Niemand kannte seine Leiden und deren Behandlungen so gut wie ich, die ihn doch schon so oft wieder gesundgepflegt hatte. Meine Unruhe blieb, Alpträume plagten mich, wenn mich die Sorgen um Martinus überhaupt zur Ruhe kommen ließen.

Am 19. Februar 1546 standen Philippus Melanchthon, Johannes Bugenhagen und der gute Cruciger vor meiner Tür. Bleich und starr. Mich überfiel eine jähe Angst. Ich bat sie hinein, voll düsterer Ahnungen. Dann erfuhr ich es: Mein über alles geliebter Eheherr, mein Martinus, war dahingeschieden und zu unserem Herrgott heimgegangen. Wie sollte ich nur leben ohne ihn? Mein Herz, mein Leben – tot und kalt, gestorben und verdorben.

Der Kurfürst richtete sein Begräbnis aus. In der Schlosskirche sollte Martinus bestattet werden; er hätte es sicherlich lieber gesehen, wenn er bei seinen toten Kindern hätte liegen dürfen. Im Geleit von vielen hohen Männern wie den Mansfelder Grafen und vielen Reitern, Martinus' Lieblingsbruder Jakob und unseren Söhnen Hans, Martin und Paul wurde er über Halle nach Wittenberg gebracht. Am Elstertor sah ich dem Sarg mit meinem geliebten Eheherrn entgegen, in Gesellschaft der Universitätsangehörigen, der Geistlichen, der Bürger. Ach, gar so viele Menschen waren es, die ich durch den Tränenschleier kaum zu erkennen vermochte. Hände wurden mir entgegengestreckt, vom Kanzler Brück, unserem Nachbarn Philipp Melanchthon, Justus Jonas, Johannes Bugenhagen, Lucas Cranach, dahinter eine riesige Menschenmenge von Studenten, Bürgern und Bürgerinnen, Jungfrauen, Jungmänner, Kinder – sie alle weinten und wehklagten. Die Gassen waren überfüllt, alle wollten den Sarg des großen Martinus Luther sehen. Die Beerdigungsfeierlichkeiten fanden in der Schlosskirche statt, wo er einst vor vielen Jahren seine Thesen anschlug. In der Kirche sprach zuerst Bugenhagen, dann Melanchthon. Beide waren kaum zu verstehen, weil so viele Gemeindemitglieder weinten und schluchzten. Ich fühlte mich wie betäubt.

Zu meiner Trauer kamen rasch finanzielle Sorgen. Nun, wo ich nicht mehr die Frau Doktor, sondern nur noch eine arme Wittfrau war, kam kein Geld mehr herein. Und als Frau konnte ich meinen Mann nicht beerben. Nach sächsischem Recht standen mir nur ein Stuhl und ein Spinnrocken zu. Martinus hatte ein Testament hinterlassen, nachdem er mir das Gut Zulsdorf, eine Wohnung und die Silberbecher vermachte. Aber dieses Testament war nicht rechtskräftig. Mir wurden – wie gesetzlich vorgeschrieben – zwei Männer als Vormund bestellt, welcher der Stadthauptmann Spiegel und mein Bruder Hans von Bora waren, und für die Kinder Martinus Bruder Jakob Luther in Mansfeld, der Bürgermeister Ambrosius Reuter und Philipp Melanchthon. Unser guter Kurfürst verhalf mir zu meinem Erbe, so dass ich mit meinen Kindern keinen Hunger leiden musste. Ich war dankbar dafür, dass meine Kinder bei mir bleiben dürfen, das verdankte ich allein der Gnade meines Landesherrn.

Im Juni des gleichen Jahres kam die nächste Katastrophe – Kaiser Karl hatte zu Regensburg den Protestanten den Krieg erklärt. Wie gerne hätte ich jetzt mit Martinus über all das gesprochen, was mir so unendliche Angst bereitete. Kriegsknechte kamen in die Stadt, Planwagen rumpelten durch die Gassen und brachten Pulver, Büchsen und Proviant. Die Kinder bewunderten die Spieße, Hellebarden und Arkebusen und begeisterten sich für die Aufregung, die damit in unser beschauliches Wittenberg kam. Ich arbeitete weiter auf dem Feld, erntete Obst und Gemüse und flickte die Gewänder.

Am 9. November mussten wir die Stadt verlassen, denn Zwickau war bereits umzingelt, und die Soldaten kamen. Ein ungeheures Gewimmel herrschte überall, Panik breitete sich aus. Die Flucht war entsetzlich; Kinder und Alte erfroren in dem Schneegestöber, die Pferde liefen sich in dem harten Schnee die Fesseln blutig, allerorts herrschten Angst, Hunger und Entsetzen. Kanonendonner, Feuerschein und Pulverrauch, wohin man auch sah. In Dessau übernachteten wir bei dem Pfarrer der Stadtkirche, und es gab Nachricht, dass um Wittenberg herum alle Vorstädte weggebrannt worden waren. Wir flüchteten weiter nach Zerbst, dann nach Magdeburg.

Erst Anfang des kommenden Jahres konnten wir zurück nach Wittenberg. Eine traurige Reise war dies – abgebrannte Häuser, zerbrochene Wagen, Pferdeleichen, überall waren Bäume und Sträucher abgehackt, um sie zu verfeuern. Und das Schlimmste: überall tote Menschen. Kinder, Männer, Frauen, Greise, Soldaten. Verstümmelte verbrannte Leichen, deren Anblick kaum zu ertragen war.

Das Schwarze Kloster war – der Herr sei gepriesen – heil, aber durch die Belagerung war fast alles weg, was Wert hatte. Nur noch drei Hühner und eine magere Ziege waren da, das Futter geraubt, im Garten alle Beete zertrampelt. Und noch immer kein Frieden in der Welt. Die Ungarn, Spanier und die Italiener wüteten gegen alles Protestantische, sie raubten, mordeten, plünderten, schändeten Frauen, Jungfrauen und sogar Kinder. Sie warfen Säuglinge über die Zäune und hackten Kindern Hände und Füße ab, es nahm der Gräuel kein Ende. Und wieder wendete sich der Krieg in Richtung Wittenberg, und wieder mussten wir auf die Flucht. Es dauerte wiederum etliche Wochen, bis wir zurück konnten. Das Land war verbrannt, wie sollten wir darauf etwas anbauen? Ich war so müde und mutlos. Ich wollte doch einfach nur in Frieden mit meinen Kindern leben. In den abendlichen Stunden, in denen wir Ruhe zu finden versuchte, sang ich mit ihnen das Lied, das mein geliebter Martinus verfasst hatte: „Verleih' uns Frieden gnädiglich, Herr Gott, zu unseren Zeiten, es ist ja doch kein andrer nicht, der für uns könnte streiten. Denn Du, Gott, alleine."

Es war schwer, alles wieder aufzubauen. Ich wollte versuchen, unsere Burse (unser Studentenwohnheim) wieder zu eröffnen und Studenten eine Bleibe mit Verköstigung zu geben. Der gute König Christian von Dänemark, zu dem wir Christen Zuflucht nehmen konnten, half und sendete mir Geld. Möge der Herr ihn behüten und beschützen. So konnte ich wieder Gemüse und Korn anbauen, Tiere kaufen, backen, brauen und kochen und mich um die Studenten kümmern, die wieder in unserer Burse wohnten. So langsam normalisierte sich das Leben wieder, die viele Arbeit lohnte sich mit der Zeit, und wir hatten unser Auskommen. So vergingen die Jahre, in denen ich versuchte, mit meiner Einsamkeit trotz des Trubels um mich herum fertigzuwerden.

Der Sommer 1552 wurde wieder heiß und unerträglich schwül. Der Dunst lag über den Elbauen, die Luft war feucht, das Atmen fiel schwer. Der Himmel war nie klar blau, sondern immer diesig und verhangen. Etwas Ungutes lag über der Stadt. Möglicherweise kam das von den verkohlten Weiden, auf denen noch immer Leichen und Leichenteile lagen, verrostete Waffen, schlammige Stiefel, in denen noch Füße steckten, schmutzige Pfützen, auf denen Fliegen saßen. Die Ratten fanden Nahrung genug an den Toten, und sie vermehrten sich ungestört. Mit ihnen kam wieder die Pest in die Stadt, und ich konnte mir ausmalen, wie sie die halbverhungerten und geschwächten Menschen überfielen und Gevatter Tod reiche Ernte hielt.

Ich versuche, den Kranken zu helfen, so gut es geht. Aber mir machen die Hitze und die Arbeit zu schaffen. Mit meinen 53 Jahren bin ich nicht mehr die Jüngste, mir ist ständig schwindelig, das Herz rast, die Knie zittern und der Rücken schmerzt. Ich kann nicht mehr. Wir werden nach Torgau flüchten – unser Schicksal liegt in Gottes Hand.

Ja, das war die Geschichte meines Lebens mit dem großen Dr. Martinus Luther, der, wie ich mit Freuden sehe, bis heute nicht vergessen ist. Und nun höre ich auf sein Wort: „Tritt fest auf, mach's Maul auf, hör bald auf." Ja, jetzt mache ich mein Maul zu und höre auf. Habt herzlichen Dank für Euer Gehör, für Eure Zeit und Eure Freundlichkeit. Wir befehlen uns, unsere Leiber und unsere Seelen in Seine guten Hände. Möge sein heiliger Engel mit uns sein, dass der böse Feind keine Macht an uns finde. Amen – und gehabt Euch wohl.

* *

Nachsatz:

Katharina Lutherin flüchtete im September 1552 nach Torgau. Als die Pferde scheuten, stürzte sie vom Wagen und brach sich die Beckenschaufel. Zu dieser Zeit gab es dafür keine Heilung. Sie musste im Bett bleiben, wurde gepflegt und verwöhnt. Viele Menschen kamen zu Besuch, brachten Geschenke und versuchten, sie zu trösten. Katharina hatte nun endlich die stets von Luther geforderte Zeit zum Bibellesen und fand darin viel Trost. Nach drei Monaten verstarb sie am 20. Dezember 1552. Ihr Grabmal ist noch heute in der Torgauer Marienkirche zu sehen.

* *

Dieses Büchlein ist der erste Teil einer Reihe von „etwas anderen" Vorträgen, die ich im Laufe der nächsten Jahre halten werde. Der nächste Vortrag wird vom Bauernkrieg unter Thomas Müntzer handeln, weitere Vorträge als Schwester des Ablasshändlers Johann Tetzel, Katharina Melanchthon usw. sind geplant.

Falls Sie Interesse an einem meiner Vorträge haben, können Sie sich gerne unter **www.Susannes-Zeitreisen.de** informieren. Dort werden auch meine anderen Bücher vorgestellt.

Fotos und Erzählungen von meinen Reformationsreisen finden Sie unter **www.Susannes-Welt-online.de**.

Anfragen bitte per Mail an **Susanne.Nitsch@web.de**.